吹鼓吹詩人叢書／06

Living In Limbo
中間狀態

葉子鳥　著

台灣詩學吹鼓吹詩人叢書出版緣起

蘇紹連

　　「台灣詩學季刊雜誌社」創辦於1992年12月6日，這是台灣詩壇上一個歷史性的日子，這個日子開啟了台灣詩學時代的來臨。《台灣詩學季刊》在前後任社長向明和李瑞騰的帶領下，經歷了兩位主編白靈、蕭蕭，至2002年改版為《台灣詩學學刊》，由鄭慧如主編，以學術論文為主，附刊詩作。2003年6月11日設立「吹鼓吹詩論壇」網站，從此，一個大型的詩論壇終於在台灣誕生了。 2005年9月增加《台灣詩學‧吹鼓吹詩論壇》刊物，由蘇紹連主編。《台灣詩學》以雙刊物形態創詩壇之舉，同時出版學術面的評論詩學，及單純以詩為主的詩刊。

　　「吹鼓吹詩論壇」網站定位為新世代新勢力的網路詩社群，並以「詩腸鼓吹，吹響詩號，鼓動詩潮」十二字為論壇主旨，典出自於唐朝‧馮贄《雲仙雜記‧二、俗耳針砭，詩腸鼓吹》：「戴顒春日攜雙柑斗酒，人問何之，曰：『往聽黃鸝聲，此俗耳針砭，詩腸鼓吹，汝知之乎？』」因黃鸝之聲悅耳動聽，可以發人清思，激發詩興，詩興的激發必須砭去俗思，代以雅興。論壇的名稱「吹鼓吹」三字響亮，而且論壇主旨旗幟鮮明，立即驚動了網路詩界。

「吹鼓吹詩論壇」網站在台灣網路執詩界牛耳，詩的創作者或讀者們競相加入論壇為會員，除於論壇發表詩作、賞評回覆外，更有擔任版主者參與論壇版務的工作，一起推動論壇的輪子，繼續邁向更為寬廣的網路詩創作及交流場域。在這之中，有許多潛質優異的詩人逐漸浮現出來，他們的詩作散發耀眼的光芒，深受詩壇前輩們的矚目，諸如：鯨向海、楊佳嫻、林德俊、陳思嫻、李長青、羅浩原等人，都曾是「吹鼓吹詩論壇」的版主，他們現今已是能獨當一面的新世代頂尖詩人。

　　「吹鼓吹詩論壇」網站除了提供像是詩壇的「星光大道」或「超級偶像」發表平台，讓許多新人展現詩藝外，還把優秀詩作集結為「年度論壇詩選」於平面媒體刊登，以此留下珍貴的網路詩歷史資料。2009年起，更進一步訂立「台灣詩學吹鼓吹詩人叢書」方案，獎勵在「吹鼓吹詩論壇」創作優異的詩人，出版其個人詩集，期與「台灣詩學」的詩學同仁們站在同一高度，此一方案幸得「秀威資訊科技有限公司」應允，而得以實現。今後，「台灣詩學季刊雜誌社」將戮力於此項方案的進行，每半年甄選一至三位台灣最優秀的新世代詩人出版其詩集，以細水長流的方式，三年、五年，甚至十年之後，這套「台灣詩學吹鼓吹詩人叢書」累計無數本詩集，將是台灣詩壇在二十一世紀最堅強最整齊的詩人叢書，也將見證台灣詩史上這段期間新世代詩人的成長及詩風的建立。

　　若此，我們的詩壇必然能夠再創現代詩的盛唐時代！讓我們殷切期待吧。

序一

心靈投宿的定格或超定格記憶

朵思

　　數年來，由於葉子鳥不斷生發對詩的捕捉、突破和提昇，推出詩集似乎也必然是遲早的事，《中間狀態》的出版，可說是作者努力不懈的最佳實證。

　　蘇珊・桑塔格（Susan Sontag）在《反詮釋》（Against Interpretation: And Other Essays）書內說：在人類對藝術的最早經驗中，藝術必定是充滿咒語與魔力。早期藝術也許確然是宗教藝術的某種工具，但藉由時間印證，藝術的拓展，至今則是在強而有力的元素中喚醒讀者或觀賞者感覺的無形聲音，當然所有藝術品的傳達都和生存經驗有某種依存關係，因此，也就產生了不同的風格與形式。

　　我們從蘇珊・桑塔格的理論去推衍，當可進入葉子鳥的創作世界。我一再感受到作者的思維裡充滿跳躍式的不同旋律，其實從書名的定調，當可知其反傳統的前衛企圖，分輯中：中場、間隙、狀貌、X態，她各取一字完成書名即是一例。

　　輯一〈八月的早晨〉，作者的戲謔閃爍文字，把未加素描的九月黃昏拿來與八月的早晨偷情，值此入秋，季節開始衰老，這「衰老」兩字用得真是新鮮。

用一支竹籤，撩起雲朵／我嘗到閃電，並且／甜

這「甜」字又何嘗不帶逗趣，又可資玩味。

〈公園紀事〉九則，是可各自成一體的九則小詩。

「中場」一輯，輯末放入三首圖象詩，首首皆是意有所指，尤其〈悄悄話〉之二，舌頭被圍繞的悄悄話完全鎖住，饒是有趣。

輯一的內容客觀觀照和遊戲式造句，在輯二中顯然褪脫，這裡，感知和捉摸到的是時間的游移和光影，日據時代模糊的記憶、童話詩、西門町的今昔之別，還有隱晦的性暗示，如〈蔭〉、〈觀藍元宏　沉默之處〉，此輯中〈流之波〉則以三段式的遊戲規則，導引出人生交錯的諸多感觸，從一、二、三木頭人，在依稀童稚笑聲到不斷開闔的自動門，迄至皺紋遊走在笑與淚的交錯心情，是藉由想像空間，從物象的表徵漾盪的時間間隙波流，表述出時間前進而后消逝的心理感慨，作者依循語言的傳達，塑造出心理層面不同轉折，顯然是成功之作。

〈觀藍元宏　沉默之處〉裸體男性，手足多出手腳重複疊生的合成照片，葉子鳥以一己的想像帶領讀者用感覺與它真實接觸

鬍鬚是刺髮是流／枕頭是柔肚是孕

……

……

我們側躺仰躺／俯臥成一個字

誰在讀字？／都是肉肉的

一起／肉肉的／被讀

　　平實的字裡行間，可以游走的震動空間非常大，所以作者在結尾時說：

假裝完整／關了門的夢境無處

　　紀德在《德賽》（Thésée）那本小說裡說：「……我在做我的工作，我生活過了……」。生活對創作者而言是重要的，葉子鳥擔起的是一個家庭主婦的角色，它沒囿於家庭桎梏，她的心不斷飛翔，飛翔在文學創作，並參與各種課程，也在網路擷取她創作的養份，〈慢性肌膜酸痛症候群〉她把現代久坐電腦前逃不開的肢體後遺症，以寫實的手法寫出，另外，例如她婆婆是日據時代見證者，完全以台語、日語做為生活的語言，兒子要訪談八十多歲老人須藉由她做翻譯，事後，她寫了〈訪談筆記〉，可說是栩栩如生，但生活入詩，最忌浮於表象而減弱肌理，如此便會顯得過份粗糙，這是所有有意此道的創作作者，共同要注意的事項。

　　在〈時間的絞刑〉一詩中，我們看到第一段的句子如下：

我們都一起上吊／倒數時間的韁繩

／是否還能套住我們？

　　時間能嗎？里爾克的時間之聲鏗鏘敲擊世紀的門扉，時間執行的絞刑又為何呢？葉子鳥對心理的描摩乃在於她

懂得在圓形繩索中，體悟到根植於人類意識裡的活結其機動重要性，她的獨白是發洩是健康的自我療癒。

輯四的〈劇本〉括弧的引言都充滿可資思索的突破性，譬如：

公共電話亭／（一具透明的牢籠被赤裸的窺視）

音樂盒上的舞池／（看不見邊界的浮沉）

盤與盤的堆疊直至無法站立／（彎了的脊椎挺立不了記憶）

歸納輯內葉子鳥引用數字頗多，如圓周率就用了兩次，其他如〈倒數〉、〈私，房間〉、〈凝〉，性描繪亦用的不少，另外，尚有字謎遊戲，某些語言亂碼，散文詩與圖象詩所佔比例亦不少，只是葉子鳥的強項在後者，散文詩本來就易寫難工，她有〈第四態〉的出發，當可更加精進。

總之，這是葉子鳥的第一本詩集，我們期待她能有更多作品，更多精緻意象和美學手法與深度。

本文作者

知名女詩人朵思，1939年8月出生，本名周翠卿，嘉義人，出版過多本詩集、小説和散文。

序二

愛智的女靈——我所認識的葉子鳥

鄭美里

　　2009年底，一場題為「瞭望中國邊地三角女詩人——唯色、蘇淺、鄭小瓊」的詩聚會在女書店裡舉行，我跟葉子鳥並肩而坐，專注聆聽主編詩叢的黃梁侃侃而談這三位分別來自西藏、大連、東莞的女詩人詩中的語言、意境和她們對民族或時代、移工的關懷，感動震顫不已。中場時，葉子鳥真情流露地嘆道：「我的詩怎麼能比？」我反駁：「不一樣啊！」她聽了喃喃複誦「不一樣、不一樣」，沉思著點點頭，認同了我。

　　的確是不一樣，每個寫作者有自己立足的時空、生活，描寫大時代的鉅作固然教人盪氣迴腸，誰又能說刻畫日出日落、街頭巷尾的尋常百姓生活就不具備文學的價值？作為一個寫作的老師，我經常負擔的責任是鼓勵同學們相信自身生命的獨特和意義，因為如果缺了這種自信，創作很難展開。然而，女人在文化的集體潛意識壓抑下，對於自身創作身分的接受、認可並不容易，往往需要很大的勇氣和毅力，掙扎、突破重重桎梏，才能讓內在豐沛的能量破土而出。而葉子鳥在我心中就是這樣一個了不起的女英雄，在社會身份上，她是一個典型的家庭主婦，為人

妻、為人母、為人媳，她為自己年輕時的婚姻抉擇而承擔，多年來盡責地扮演著家庭主心骨的女性角色，然而，與她認識、交往以及從她的詩中，我看見了她內裡住著一個詩人的、愛智的女靈，她貪婪雜食吸收各種知識，憑藉自學和參與不同的文學課、寫作班，接觸當代文學論述，開拓視野，觸角之廣之深讓我這半學院派都不禁要咋舌，沒見過這樣用功的家庭主婦啊！怪不得當沉睡多年的文學夢因兒子的老師無意間稱讚的一句「媽媽寫聯絡簿寫得真好，是否常投稿？」時再度覺醒，從此創作的慾望便如泉湧，再也無法止息。

我與葉子鳥的「本尊」相識在2009年9月女書店的寫作課，這課名字很長，叫「女性跨界生命書寫部落格寫作課」，我是設計和帶領課程的講師，而她是參與的學員。為期十三週的課程，每週至少有一則課後作業，整個課程中，她是少數全勤並且不曾缺交任何一次作業的學員，而每一個作品都看得出她構思、寫作時的用心，「這是個認真看待寫作的人！」我在心裡暗暗讚嘆。在她的詩人身份「曝光」後，我凡遇到跟詩有關的問題，總是寫e-mail詢問她的意見，因此私底下，她才是我的老師，從她那兒我獲益良多。

猶記在寫作課上，我常問大家：「生活與創作的關係是什麼？」也搬出不同作家的文本作為共讀、賞析和對話的素材，但從來沒有、也不能對此問題提供一個標準答案，然而我相信這一提問是創作者經常在面對的處境，它不只是關乎揭露、隱藏或變身的種種考量，還涉及語言文字並非透明

媒介的表述問題；對讀者和評論者來說，此一提問則提供了觀察、理解文本時一條可能的路徑，然而這不意味著將文本粗糙地、或八卦地和現實或作者本人劃上等號。有幸做葉子鳥第一本詩集《中間狀態》的先行讀者，透過閱讀我不僅得以靠近詩人的內心世界、感知方式，更窺見她在家庭生活之內、之外，不斷越界、穿越虛實，將生活種種經歷和所思所感透過藝術化手法冶煉成詩，題材從柴米油鹽婚姻感情身體性別都市，到家國歷史、時間空間，乃至宇宙自然靈性，關懷的層次豐富、範疇極廣，不禁令我驚喜於此女子對生命的用心體會、思索和超越。

就像藝術創作往往因形式之限，反倒激發出源源不絕的創意表現，來自家庭婚姻空間和身份上的客觀圍限，成了葉子鳥敲擊世界、扣問生命意義和追尋自我的參照之牆。詩中從生活瑣細的觀察或感受起筆，沉澱、迎向各個方向的思考，尤以對婚姻關係和制度的反思最為深刻，例如〈蔭油膏〉因瓶口猶豫的一滴，「微蘸的一觸」而引發說與不說的掙扎，最後「舌尖的話語／選擇吞嚥」，短短幾字道出表達、溝通的困境，同樣主題在圖象詩〈悄悄話〉中被鎖住了的「話」、被圍困了的「舌」，也不「言」可喻。世間女子為愛獻身、也為情受苦，在〈公園之夜〉一詩裡，「雙人座上／愛情的蕨類／纏綿」，然而就像「羅丹的吻／刺痛了卡蜜兒」，跟隨著纏綿的愛而來的是「淚的伏石蕨／愛情的不治之症／一路／蔓延……」；愛情若是女人的「不治之症」，婚姻則不啻是飲鴆止渴，在〈舌舞〉一詩中再度演繹這種欲言又止、溝通的困難，「彼此

的唇,咕噥嚅嚅(啊!甚麼?)/其實……(沒!)」,最終只能「吞噬字詞,以吻穿梭成/死結。」不只如此,性也不必然承諾著親密,反而更常是不斷的誤解──「在床上書寫/錯字別字/同音異字/有人測字」,既無奈又幽默嘲諷,最後只能「繼續流浪」,「假裝完整/關了門的床夢境無處」(見〈觀藍元宏 沉默之處〉一詩),連夢境都無處停靠,詩句中的荒蕪之感戳破了婚姻作為女人歸宿的神話;另一首詩〈流之波〉裡的「一、二、三木頭人」從童年的遊戲,轉成了女人逃脫不出的婚姻束縛──「淚,嵌在指上那枚戒指」「我抓到你了?」;而〈泥〉、〈第二性〉對婚姻中合法(或說強制?)的性從無奈感嘆到火力全開,筆調大不相同,但都是具有女性主義意識的佳構。

詩集裡對自然、植物和動物的觀察和素描,滿逸著靈氣和禪境,讀來又是另一番景致,或許在繁瑣、束縛的塵俗之外,詩人從自然裡獲得了更多的美感空間吧!這些詩裡自由揮灑的想像力、在虛實之間跳躍轉換的豐富意象,勾引著作為讀者的我在文字世界裡流連、飛翔,例如〈公園紀事〉這組詩,翻修的地磚、野花閒草,以及學騎單車的、玩沙的、吹泡泡的孩童……等,一景一物皆可入詩,每一則從獨行到短短數行,卻呈現無比的美感;而前述〈公園之夜〉一詩,起筆:「夜是香了/燈是燃了/徐風來了/葉/漾起了笑……」則洋溢著夜的溫柔,靈秀動人。

我非詩人,但自年少起便是詩的愛好者,因唧命為序,這陣子抱著葉子鳥的詩集讀著讀著,有時竟也忍不住手癢。胡謅亂寫的同時,更加感覺到葉子鳥在創作上對語言和形式

進行各種實驗的勇氣，儘管未必每一次嘗試都能臻於完美，
但相較於小心翼翼、放不開的我來說，她的詩寫來可以極盡
輕柔婉約，也可以極具爆破力，那些大膽、多樣化的語言實
驗讓我不時為之拍案叫絕！作為姊妹知己和文友，葉子鳥的
詩讓我看見人世間容或苦痛難免，但生命卻因為詩而美好、
並且自由。

本文作者

鄭美里，曾任職女書文化出版、《中國時報》人間副刊、
《誠品閱讀雙月刊》……等媒體與文化出版工作；在社區大
學和民間社團帶領寫作班與成長。輔仁大學比較文學研究所
博士候選人（論文研究離散女性自傳性的書寫）。

中間狀態・
1
4

自序

葉子鳥

目次

輯一・中場

輯一・中場

八月的早晨

八月的早晨，沒有時間的自轉
一輪颱風眼的寧靜，一切逆時的
風暴，像棉花糖
用一支竹籤，撩起雲朵
我嚐到閃電，並且
甜！

八月的早晨，沒有空間的漫遊
「還要再續杯嗎？」因為
涼了；所以苦。
總是一杯黑咖啡，舌
是一枝沒有毛的筆，在嘴裡
草書成性，最後一側
隨眼神飛入天際
所有的浮雲，暈染成
鑲了金邊的潑墨。
八月的早晨，浸泡在咖啡裡的SPA
喚醒標點符號，字開始亂舞

句與句之間齟齬，我卻
異常的柔軟，並且開始起泡
加點肉桂或可可呢？
「來賓您的67號餐，好了。」突然驚覺
自己的一絲不掛，抓起一首詩披上
飛遁，雲間。

八月的早晨與九月的黃昏
偷情，布里斯本的藍天像
海嗎？憂鬱是藍，那麼浪
花呢？已經不是第一次的
吻，泛紅的唇如秋之葉隨
微風輕顫，涼了；這季節
開始衰老……

公園紀事

（1）逢

思緒溜著滑梯，字句在舌上盪著鞦韆
裙裾飄然，落葉紛紛
言語

（2）地磚翻修

一隻鳥啣走一枚
迷路的腳印

（3）午後雷雨

一畦小小的水災，掬捧一手童年
倒影裡，不碎的
真

（4）早熟的杜鵑

暖冬撩撥贗品的春到處放送

（5）蜥蜴

化妝舞會已經開始，樹裡石上
即使，疾馳路過
不要尖叫我，最後演出
被壓扁的
初夏

（6）野草

蔓生蔓延蔓蔓恣意
蝶飛翩翩生花
熱鬧的
荒蕪

（7）吹泡泡

吹出一顆顆驚奇的眼珠
每一步蹣跚的追逐
跌出
勇氣

（8）學騎單車

平衡不是一件容易的事
兩眸之間要滾出多少
汗水與眼淚
才可振翅高飛？
偏左的那一顆心
是否要偏右一點？
世界總是傾斜一邊

（9）玩沙

沙堆裏的童話築起城堡

酷似夢境裡的那座迷宮

你偷走了

自子宮處

羊水汩汩在

護城河

公寓

這一方小小的陽台
是唯一的天地了
兩棟大廈與蹙眉紋
相視而立

街道巷弄間的停車排序，如
一口不整齊的牙齒
齧咬著匆匆的步伐

落日被高樓整粒吞下
發育不良的老式建築
佝僂著身軀
仰望被切割的天空
期盼雨後的彩虹
可以繞路來
探望它

她

有一種聲音，跌宕

起床的儀式
開啟所有的門窗
燃一管煙
敘敘陳年肺葉裏
依然甦醒的肺泡
我們都被網
自動憋氣　偷偷呼吸
撞見她五十幾年前的第一次吞吐

有一種聲音，跌宕

一口痰
在氣管攀爬　下滑
咳嗽是為了吞嚥
無關乎排洩
只有使勁推擠出曾經的

濃烈或者黏稠

未曾稀釋的執

是馬桶沖刷不去的障

有一種聲音，跌宕

框限在電視裏的劇情

已經沒有牙齒互相撕咬

瞌睡的呼聲頻頻點頭

皺紋撫平歲月

縱容台詞不斷重複

重新年輕一張嘴

不帶假牙的

嘗

一帖偏方

柔情二錢

愛意四錢

笑中淚五滴

體貼六分

人心果一粒

吻數枚

孩子的笑聲二兩

以肉身之器

佐以熱血

擁抱煎煮去渣

入甜蜜十分

失心者可服　負心者可服

常服健心

一服見笑

蔭油膏

瓶口滴墜著殘餘的猶豫
一粒黑色的透明
含著鹽分
多一分太鹹
少一分猶淡

微蘸的一觸
舌尖的話語
選擇吞嚥

加護病房一瞥

地板冰冷的發亮
隔離衣覆蓋著不安的心跳
數據若無其事地眨眼
梵音按摩著靈魂
死寂在暗處低語

盆栽自窗外
一雙枯瘦的手
奮吐綠芽

公園之夜

夜是香了
燈是燃了
徐風　來了

葉
漾起了笑⋯⋯

唇與舌尖的
秘密

雙人座上
愛情的蕨類
纏綿

羅丹的吻
刺痛了卡蜜兒
淚的伏石蕨
愛情的不治之症

一路

蔓延……

…………………

…………………………

甜蜜的謀殺

我可以滷你嗎？

幾撮你的髮

一點你的液

少許皮屑

臨去的影

用月牙的綠

深夜的滴答

以雲編織的網

在一天的身體頹圮之後

拌我發燒的夢境

繼續煮沸　然後

小火慢烹

直至肉與靈

一起熟爛

並且嫩滑入口

溢出的香

最適合下酒

啊！此時東方已白

遠山曲線迷濛　如你的身體

漸漸遠遠地淡去……

兮遊記

——國中聲

今天的天氣很晴朗

可是考試的烏雲漸漸到來

直至下過一場雨後

我開始變得透明

分數的雨滴淋濕了滿地

緊箍咒的牙套跳出一群毛毛躁躁的孫悟空

我說:「你很豬八戒耶!」

唐三藏媽媽一直唸「善哉!善哉!」

卻被蜘蛛女拿去當午餐,那句話

金角×銀角開√就不見了

實驗室的酒精燈燒出火燄山

老師說他不是牛魔王

每人一把芭蕉扇把自己搧掉

所有的妖怪都躲到教室裡假裝是學生

經文裡的參考書一本又一本

在書包裡硬成五指山

當天空出現彩虹的時候

我開始往上爬

很累很累的自己終於現形

他們說雨後的陽光

特別　陽　光

火辣辣的我漸漸失溫

開始學習咒語並且靜坐

終於悟出金箍棒＋自己＝

∞

椎間盤突出症候

剛烘烤出的輪椅去脊椎
更軟香入口的陷入座椅
能坐，不要站
能躺，不要坐
水平的橫跨日與日的間隙
仔細思索一條吐司的命運，是
否好過麵粉？

如果吐司與吐司之間沒有果醬
椎體與椎體之間沒有纖維環
時鐘與歲月之間會變脆？變薄嗎？

一切的溫度，其實都被聖嬰現象計量出軌
重重舉起，無可奈何的地心引力
烤箱偶爾跳電的設定一生
任其痙攣的發酵
是否可以烘焙出
彈性、堅挺、筆直

內韌的

腰桿

？

貓救一則

因為你貓在上面
我得以鼠滿枝的刺
葉我如此翻飛，你風的溜去
爬的樹，直直又斜斜的
摔落一路地
碎了又碎了的傷，血的流
裂著縫；剝開愈來愈
白的洋蔥，驚叫：
「喵嗚！」

觀藍元宏　沉默之處

軀體溶著軀體
手腳混著手腳
一起躺在床上
多重的闔眼
我們一起被看見
我們一起看不見

鬍鬚是刺髮是流
枕頭是柔肚是孕
在床上書寫
錯字別字
同音異字
有人測字

我們側躺仰躺
俯臥成一個字

誰在讀字？

都是肉肉的

一起

肉肉的

被讀

因為不斷的變換部首

我們接枝出一棵棵

發音不全的樹

ㄅㄆㄇ

ㄣㄟㄛ

繼續流浪

介於⋯⋯

ㄧㄨㄩ

所以假裝完整

關了門的床夢境無處

高鐵

風　慢行

雨　緩飄

路過的鷺鷥　暫停

送走　一節節　車廂　飛逝的　眼睛

都會女郎側寫

比瘦還輕的衣裳
細細的肩帶
掛在晾衣架的肩膀上
熱褲只遮住臀部
好重啊！
一雙厚厚的麵包鞋
令膝關節彎曲出流行的
角度

約會

一張嘴尋找另一張嘴

「我在威秀影城等你，你在哪裡？」

「我在新光三越這邊，正走過去。」

「喂！我看到你了！」

「我也看到你了！」

手機對手機

微笑

【散文詩】存在

生命是一襲華美的袍子，爬滿蝨子
　　　　　　　　　——張愛玲

　　他被拆解成一團毛線球，被貓把玩。
貓以利爪、舌刺、尖牙翻攪他血淋淋的內
臟，直至瞳孔對峙瞳孔。

　　誰都對他過敏。

　　唯獨光的編織，透視著怦然的心跳。

【圖象詩】電視

電視電視電視電視電視電視電視電視電視
電視電視電視電視電視電視電視電視電視
電視電視電視電視電視電視電視電視電視
電視電視電視電視電視電視電視電視電視
電視電視電視電視電視電視電視電視
電視電視電視電視電視電視電視電視電視
電視電視電視電視電視電視電視電視電視
電視電視電視電視電視電視電視電視電視
電視電視電視電視電視電視電視電視電視

人

【圖象詩】悄悄話

（1）

悄悄話悄悄話悄悄話悄悄話悄悄話悄悄話
悄悄話悄悄話悄悄話悄悄話悄悄話悄悄話
悄悄話悄悄話悄悄話悄悄話悄悄話悄悄話
悄悄話悄悄話悄悄話悄悄話悄悄話悄悄話
悄悄話悄悄話悄悄話悄悄話悄悄話悄悄話
悄悄話悄悄話悄悄話悄悄話悄悄話悄悄話
悄悄話悄悄話悄悄話悄悄話悄悄話悄悄話
悄悄話悄悄話悄悄話悄悄話悄悄話悄悄話
悄悄話悄悄話悄悄話悄悄話悄悄話悄悄話
悄悄話悄悄話悄悄話悄悄話悄悄話悄悄📱

（2）

悄悄話悄悄話悄悄話悄悄話悄悄話悄悄話

悄　　　　　　　　　　　悄

話　　　　　　　　　　　話

悄　　　　　　　　　　　悄

悄　　　　　舌　　　　　悄

話　　　　　　　　　　　話

悄　　　　　　　　　　　悄

悄　　　　　　　　　　　悄

話　　　　　　　　　　　話

悄悄話悄悄話悄悄話悄悄話悄悄話悄悄話

一行詩

回憶

抽屜裏的遺骸召喚著未竟的肉身

殘

杯底的殘渣竊讀你唇語中抿閉的沉默

詩人

粽葉裹身的命運一直被包紮完整並重複啃噬

試解

試解：考＋試＝〈1〉罐頭×3.1416

〈2〉出人頭地÷數饅頭

〈3〉無厘頭≧0

〈4〉以上皆非

輯二・間隙

帶刺玫瑰

在維他命B與猶豫之間

憂鬱晃盪

在SARS與口罩之間

眼神思忖

眉與眉間那道

皺紋　埋伏著病毒

有人語言下痢

38℃浸潤報紙兩大版面

媒體不斷乾咳出

細明體　標楷體　仿宋體……

冠狀　突出　宛若帶刺玫瑰

像迎接二十一世紀那朵

夜空裏綻放的煙火

引起騷動

一滴眼淚的直徑蓋不住

口水　會不會感染？

死亡的尊嚴走在數據的繩索上
潛伏期還有多久?

紅外線溫度計繁殖著謊言
在額頭上記錄冷血
到底誰入侵誰?
血漿裡抗體的秘密
找尋原始的宿主
在城池未被瓦解之前
細胞無恙

因為隔離所以我們愛
看不見的比看得見的
巨大　不斷複製歷史
我們的免疫系統還沒學乖

趁腦袋尚未纖維化前
請展卷
另一組肺葉的呼吸
無菌　安全　長效
最終的
救贖

我們之間，與曼特寧

妳行將遠去，與我
背馳的季節裏，當我
瑟縮在咖啡座，啜飲著
一杯沉默的咖啡
南半球的溫度計
測不出我，喬裝成一頁頁
瘦金體獨吟的孤寒。

一朝，曼特寧的絕唱
在燒瓶裡沸騰的樂章
竟飛散成殘篇，一如
香氣無法挽留，而苦
卻牢牢鎖住，要我說
出一聲：「甘」，真一
難！總是值得品嚐
不太老又不年輕的
歲月，一杯杯過往
如何沖泡，明天？

流之波

一、二、三木頭人
一片落葉繙飛
樹影躡足
陽光透明灑落
遠處依稀童稚笑聲
我抓到你了？

一、二、三木頭人
一杯冷掉的咖啡
心情沙啞空轉
「歡迎光臨」
「謝謝光臨」
不斷開闔的自動門
我抓到你了？

一、二、三木頭人
魚尾紋指向東、東北、東南，西、西北、
西南

蹙眉紋指向北；三柱香日夜燃燒

一抹微笑；初昇的上弦月

淚，嵌在指上那枚戒指

風吹過……

我抓到你了？

生日快樂

生日將老

蛋糕正年輕

就一口把

歲數

吹掉

吃下新鮮

西門町
——2002之今與昔

童年的步調，循著電影街戲院的手電筒指引
尚未開竅的瞳孔深陷黑暗，突兀的剪影搖晃
以為自己是戲裡的主角，一張看不懂的本事
被壓在台階的屁股下充當座墊，美好的ending
蠕動在四片唇間

青春在今日百貨公司的頂樓飛揚，坐不膩的
雲霄飛車，總在猛地轉彎處甩出驚聲尖叫
沒有麥當勞也照樣碳酸飲料的發泡！

街道上的攤販，販賣各種人生：醃漬的乳房、
燒烤的皮條、西瓜大王、黏人口香糖……
麵包鞋撐起一片天，喇叭褲吹響時髦
男人的長髮招搖，足蹬高跟鞋與警察過招
紅樓戲院躲藏在暗巷，同志們摸黑努力
十字架與八卦的圖騰，鎮不住
沒落後的荒涼……

紅包場如今悠悠地唱著它當年的情調
家鄉回去了好幾趟，老歌仍然反芻著
嚼不爛的鄉愁
STARBUCKS的咖啡香
征服了「蓮苑」，殖民著
中產階級的嗅覺
成都楊桃汁、鴨肉扁、上海老天祿、
阿宗麵線……
依然盤踞

本土味變裝紅樓：澎湖黑糖糕、
阿里山高山茶
鶯歌燒陶手拉坯……
西裝、領帶、運動鞋……
傳統戲曲、脫口秀……後現代忙著交媾

泛黃的照片不再堅持枯守相本，躲進
一支支靠岸的瓶中信，任琵琶鼠魚
舔噬著歲月的青苔，屋頂還在漏水
磚瓦奮勇活出一片紅

街頭的音樂始終咆哮
樂透的或然率，競逐
天后宮謎樣的籤詩

昨日猶新　今日已老
當故事長成一棵樹
是該採收的時候了

四川辣豆腐乳

念舊的情懷
醃漬著傳統的執著
老而彌堅的抉擇
包藏著豆腐的柔軟
橫臥一季秋收的稻桿
不管歲月發霉
如過眼雲絮

任鹽　任辣　任甜……

翻滾　終將

一塊塊都堆疊在

珍藏的甕裏

爾後

用酒　沉醉

過了一個冬季

脫胎換骨的滋味

將再迎接一個　更

香郁的

春

To sir with love

一朵笑裝滿了花香

撒了一室的課堂

一抹烏雲醞釀著雷雨

飽漲著淚的潮濕

儘管多雲偶陣雨　或

陽光迤邐

心情指數的起落

繫著34顆青澀的果

我們將永遠記得

曾經有過盛滿愛的牽絆

盼望著我們

熟

訪談筆記

在故事來臨之前，
早就有跡可循
一片雪白，
因為暖化而開始龜裂

記憶的霧靄不斷襲來

（且讓我們斟滿一杯茶吧！）

一頂斜帶的帽沿，時光
滑行在拋物線的頂端，彼時
你正百無聊賴的青春，為了躲避空襲
裁縫著鄉間的
日與夜

臨空而過的呼嘯，夜的蚊蚋
在睡夢中，日語、台語、ㄅㄆㄇ

語言跨越了國，母語
來自最初的味蕾，鄉愁在唇齒間
構築樊籬

（宿命的風，極其燥熱
　不同的窗口，不同的
　隱喻）

二二八的煙硝，是對舌的閹割
昨日的裹屍布，今日國王的新衣
民主的宿疾，微微陣痛

（隔夜的茶，總是特別苦澀）

且隱忍來時路，地圖尚未
繪製完整……
古遠照片的色澤，一張張
召喚衰老的夢想；一間
玻璃的囚室，女人
在時光的顯影裏
被婚姻裹腳，母性與子女
是理想的保護區，且讓

過冬的翅膀得以棲息，儘管

沼澤已遠，叢生的濕氣

四季仍舊來來去去……

這南管歧誤的獨奏，隱含著

口傳歷史的走音，但是沒關係

音符如水，我捕到了魚

滑不溜丟，新鮮而古老的

品種，溯流

而上……

（且讓我們新泡一壺文山包種茶，好嗎？）

註

陪二兒子做「訪問七十歲以上老人」的作業。我充當台語翻譯，有感而發。圖片為我婆婆，生於1921年，中秋節。

蔭

某種不屬於這裡的氣味

總是漫漫而出

佈滿馬賽克的思維

無法透露的格局

重要部位

三點不露

第一、不櫻桃（黯淡無光 沒有血色）

第二、不光滑（一粒歲月的黑洞）

第三、從略（無解）

有些煙強迫你上癮

不得不舉頭神明三尺

木訥如木頭依舊被燻

黑黑的電視黑迦紗佈道如昔

耳膜裡的缺音乞討

一點點空

肺裡的積痰一而再

三而再地填滿皺紋的隙縫

燻黃的日曆一天撕過一天
又煥然一新

陪葬的玉石預言
凡被埋葬的
終將出土

蔭屍全形的
三點
裸露

小資部落客

一格一格視窗

你進入，被進入

不斷墜入……

小資們，握著一支晶亮的mobile phone

如一把磨利的匕首，現身於攤展的圖

割出疆域，在大富翁的遊戲裡

靠著命運與機會，一格一格地攻掠城池

一格一格地在部落格宣告他

進駐的美食，於胃的癖好

是資本主義的消化系統

並且跟著蠶食，演化成一隻絲質的

蛹，繼續吐絲

繼續網與

被網

他開展他一生的藍圖獻向那隻長生不老的怪獸

用手機對他說：「HELLO！」

【童話詩】
——葉子鳥

一位迷途的小女孩，她走失了
「路都消失不見了，我該去哪兒呢？」
於是風載著她
「雲都不見了，我該跟著甚麼呢？」
風不回答，因為它是個啞巴
只是呼呼地載著她

小女孩揚起的長髮成了烏雲
於是淚成了沼澤
她的喃喃自語成了蛙鳴
每叫一聲就浮起一顆水晶泡泡
亮著彩虹的顏色

「啊！有光。」

她隨手抓起一顆水晶泡泡
照見自己的模樣，看見球裡的世界

有一顆燒焦而面目不清的地球
「家！」
她便死命地吹著那顆水晶泡泡
漲得很大很大，直至她鑽了進去
像一顆受精卵一樣，一直長一直長
落在沼澤旁，長成一棵巨型的樹
漸漸地發出了許多許多葉子
「原來我是樹！」
葉子隨風飄呀飄，變成了鳥
「原來我是鳥！」

有些葉子，依然隨風徐徐地搖著
落著……

蓮的聯想三首

（1） 赤身蓮花

你的指瓣開落於我的胸膛
氣息皆是你的泥濘
陷下去
陷下去
摟成一朵赤身蓮花

（2） 蓮

一只缽，承著朝露
陽光與雨，並且
掬起你輕淺的
魚尾紋，怕溜走
笑

（3）蓮苑

我在這兒喝過一盅蓮的滋味
盛夏沖泡的悠晃情愫
直至最後一口餘味，留存

在Starbucks咖啡館裏的
昨日錯覺

註

年輕時曾在西門町成都路的蓮苑喝茶，今日已改成
Starbucks咖啡館。有一次前往老覺得有甚麼似曾
相識之處，後來才在記憶深處拾獲多年前的身影。

倒數

時間拭去它的遺跡
以空間替換，眠夢
是一隻貫穿雲界的鳥
振翅的節拍有前世的鼓鼙

你飛越於一座太古的遊樂園
摩天輪，充滿數字
1～12，它轉著，暈眩著
千萬不要騎上那匹獨角獸
牠的血液有著年輪的漩渦

你曾經是仲夏夜開花的
蕨類，閃爍著夜露的光

碰到鏡子的時候，他不是妳
不要回頭，鷹眼正以利爪瞄準

海是天的影子，受潮的靈魂
不要擦拭，沙漠將蒸發
一株母性的仙人掌

‥‥‥‥‥‥‥‥‥‥‥‥‥‥‥‥‥‥穿
越‥‥‥‥‥‥‥‥‥‥‥‥‥‥‥‥

倒數開始‥‥‥9、8、7‥‥‥
妳是洞，你是繩
你用身體書寫，6、5、4‥
你是雲，妳是團你是粒
3、2、1‥‥‥你滾成太極
你是星辰你是塵。
好，當我說：「0」
你－妳－禰－擬－醒。

小草藝術學院
——與歷史的靈魂對弈活動（詩二首）

（1）黑松出沒（台語詩）

黑熊出沒

細膩！

噎氣來一杯

地雷變味蕾

氣泡波！波！波！

（可樂可口）

一聲「嗝——」

噴射甲這陣！

本圖片出自小草藝術
學院明信片

（2） 同一國

我們一起抽一管煙，好嗎？

我的口水妳的口水

我的唇印妳的唇印

我吐出的煙圈有妳

妳吐出的煙圈有我

我們化成一縷交纏的煙

妳盡忠我報國

不管妳舉不舉

我們一致

同一國

本圖片出自小草藝術學院明信片

香皂

我以我的消融

來體驗你的膚觸

芳香留給你

灰黑的泡沫

留給時間的流水

當我被搓揉成一粒

舍利

竟被你拋棄

冰雕

別再撐了
千刀萬剮
就為把你精雕細琢成
人間的形體
模特兒式的驚豔
展示時間的裸身
每一隻眼的鎂光燈
在你的汗水中閃爍
最後那一灘溼濡
你說是你透明的
血

新鮮

你冰冷的態度

冷藏著我們的新鮮

製造日期：X年X月X日

保存期限：N年N月N日

成份：蘋果的緋紅　檸檬的酸綠

　　　花香裡的蜜　苦瓜的汁液

容量：有生之年

素食可用　拒絕腥羶

空杯

終究要飲盡最後一杯

苦澀

一瓶釀壞的酒

也有醉的滋味

就讓空杯溢滿

離別的情愫

任其在記憶裡

發酵……

【散文詩】六月雪

那些痣突然發了芽。

昨天被砍的流蘇,一夕之間禿了髮。再也沒有雪白的繁花,於春末夏初。

被贗造的冬,凍傷了天空。連雲朵也憫憫地浪遊,是死去花魂的魄散。

那個人怔怔地仰望著,站成一株仿冒的流蘇,痣裡的芽抽長著,一叢叢一叢叢雪的花序,被一陣強風吹成一縷煙白。

一地的花落,被許多匆忙的路人踩過……

【圖象詩】芝麻開門測字館

館主諍言：「有緣則靈，無緣者轉成電子郵件傳遞十人，若其中有人結緣者可替你消災解厄，否則霉運纏身，切勿鐵齒，靈驗在即。」

測字方法如下：
連連看

門

一 人 月 日 困 奄 臭 心 活 口

解語如下：

閂
舌頭橫放在嘴裡
說不出口

閃

門縫裏的影子

乘隙而入

閖

夜裏遛著一輪明月

懷抱入夢

間

太刺眼的陽光，剎那

切割一切

閫

女人的宿命

困在子宮

闈

曾經堅持的雄風

頹然以乾垂的筆

繼續書寫

闃

再也沒有嗅覺

死水裏淹死一隻

欲望

悶

燒烤的心

燻出焦味

闊

活出一身皺紋：

一張生命密碼的

地圖

問

你可以無止盡地

叩這個門

也許祂也迷了路

（本館測字一律免費，敬請助印，功德無量。館主合十）

時間之外

—— 觀《魅影再現 Apparition II》

時間之外，夢。

時間之內，臭皮囊。

時間之流，回憶。

（♩♪♫♫♫♪）

她碎裂自己成光點

飛瀑盈盈

每一擊bass

聚合成

波

他薄影流動肢體變形

持續綿延

虛擬與真

她與他回到了最小的單位

擬態成光

再次

幻魅

（♩♪♫♫♫♪）

輯三・狀貌

下筆三式

（1） 蜻蜓點水

一圈圈的漣漪
之間，留白
簡單正產於
複雜的中心

（2） 蛹之死

禁不住嘔吐
存在的繭，被
讀成
蛹

（3） 金蟬脫殼

褪下那顆氣泡之後，透
視了空的
秘密

慢性肌膜酸痛症候群

滑鼠得了慢性肌膜炎
爬過一波又一波的視窗
字裡跌仆

木質的思考
愈來愈涉及關於
年輪

久站的檔案酸得發麻
按摩　拉筋　活化
關於ing
現在必須不斷進行的一種
重……

年輪裡的撒隆巴斯
一圈又一圈的記憶
逐漸散去的漣漪

時間是夢的落枕
扭著
痛

夕陽將盡

背脊如蠟燭般消融，火燄的腦
閃爍光的堅持，一如
夕陽紅豔卻不斷失溫

沒人發現黑眼圈盛滿夜，偷偷歡愉著
頹廢的影喜歡舞的撩放，吉魯巴、探戈
布魯斯、恰恰……指尖蔻丹剝落光陰的
秘密，洩露唇的
夢幻紅、霧色紅
城市紅、魔鬼紅……還有久置的
咖啡紅

「幾世紀了？現在……」，我的尖牙
銜著一則發霉的童話，等待
一輪明月，你的嗥嘯
將吻你，至
永
夜

四味

早餐

煙消雲散？

偏偏這晨起鼻翼的主旋律　來自

嘆息　企圖包圍

不同音階的分子微粒

直至那扇門

開啟　雲湧的距離

中餐

三層肉紅白相間的五線譜

堅持老式的曲調

暗色的醬油反射墨黑的臉

琴鍵不在

繼續彈奏一鍋傳承

直至浮油凍結成一層

白

晚餐

一柱香
煙燻時間成
網

宵夜

不要打呼
如果厭倦嗅覺
夜裡還有夢可以呼吸
一身汗
浪跡的習氣
被裡流竄

夜行性動物

夜複製了兩輪明月在
我的虹膜
逡巡黑的步伐於
每一朵芳香的吐納
帶刺的梗
一次採擷
一次血的滴墜

朝暾悄然昇起
夜的尾巴
遁入眼眶四周
不眠的協定
做一隻蝙蝠
顛倒著白與黑的目光

各式各樣的房間

時常回到各式各樣的房間
一如被棄貝殼的撿拾
貼耳傾聽如海的召喚
浪的波濤，有我心底的滿潮
是，月圓了嗎？

（1）

通鋪上排列歪斜的腳
闃暗裏，孤獨是一襲黑紗
抽噎的角落，躲著夜的夢遊
未解的囈語，不過是童言化不開的糖
一粒贗品的甜，伴隨長大

（2）

開始有了一扇窗，而
門扉緊閉，豢養自由
一頁頁日記是赤裸的糖衣
耽溺字的分泌，不管窗外楊桃樹裏
藏著迷路的星星，老黃狗總是奪牆而出
豔麗的瓢蟲在紗窗上逗留，只有韋瓦第是
唯一的四季。自由極了，將年少鎖在日記裏

（3）

微弱的床頭燈，緩緩地呼吸
怕吵醒夜。打開一本書，猶如
開啟一個私密的房間，你進入
像自願被愛，意象被挑逗成
一身的顫慄，高潮是個鬼
壓床的是一個房間的
重量，你無法帶走
卻揮之不去的情節，迴旋又迴旋
一扇門又一扇門，你被進入
一個房間又一個房間……

（4）

日復一日的床第被褥，有汗的酸，溼的霉
淚的漬，激情過後的氣味……
再也沒有單人床，擁擠不？
裝聾作啞裝作不在房間，吳爾芙說：自己的房間，
女人，時時刻刻意識流的暈眩，迴旋再迴旋
一個房間，人的。

（5）

原來床就是船，房間就是島
停泊是睡眠，夢就是海了
你經過，但你未曾擁有
房間

雙峰

伏筆處懵懂走過

待回頭

風霜飽如尖挺的雙峰

耐不住意志下垂

面對縮小的罩杯

無從選擇的鋼絲

撐起生命的尊嚴

挺胸向前

花語二首

海芋

為掬取黎明前的第一滴淚
整夜仰首張嘴
雲霧裏一只杯
等待　盈滿

垂死玫瑰

不想再隻手擎住一片藍天
終將俯首臣服
用一身血肉
獻給　大地

電影院
——三廳式劇情

客廳

我們被看且被聽一切都在監控之中

一向沒有話題的面對肥胖電視飽後的嗝
繼續臃腫著嘴不斷咀嚼過剩的新聞和
充滿魚刺的連續劇我們
都癱成一具會呼吸的病體眼盲並且失聰
適於偽裝冰冷的依偎日漸規律的儀式

餐廳

餐桌極其興奮地供奉著杯碗瓢盤祭祀這新的早晨

杯緣的唇漬不設防拓印一張嘴缺少吻
撕裂麵包軟玉柔香的肌膚以舌愛撫咬牙切齒的

上午
滴幾滴白蘭地＋－×÷昨夜蕩遊網路失眠的
散光眼
更清楚了，眠眠的
黑，並且
空

房間

枕頭下有夢的雲朵，第七排六號

噓　這是秘密
半掩的門扉
沒有光
暗的幅射

負片裡黑的就是白　白的就是黑
不要怕
在曝光之前
繼續走進電影院
那兒預留了你的
座位

幻聽

每一步履的踢踏　隱隱約
有個字語不斷地複誦

陽光自樹隙垂聽
一樹的葉閃閃爍爍
一群麻雀抖落
一地的

耳

泥

這選擇以後
就是被合法的
戳刺
一畦畦腐爛的泥
肥沃的母性
孕育向陽的
使命

口腔

乳房，極其美好的花
漸漸長大，乳白的蜜
孕育著男人另一段隱晦的
童年，一如蝶之舞
那條路是不可抗拒的
體香，一路尾隨
他的嘴是一只
填不滿的瓶，充塞著
母親的記憶

待哺的長廊，悠光裡晃動的
影，凝縮成一粒受精的
卵。海洋的搖籃
回到最初的塵封，在一只
酒釀的瓶，直至甘醇入口

醉，並且貪戀
初始的
口腔

時間的絞刑

一、

我們都一起上吊
倒數時間的韁繩
是否還能套住我們？

二、

最美的繩結
在於
活
結

三、

最完美的印記
圓

姿態

這一切都是真的嗎？一個接著一個的鏡頭
把時間串成糖葫蘆，那麼甜……

演繹一件華麗的外衣，更
勝於掩飾靈魂的顏色；或者
我們一起裸裎，一件一件地脫……

先是髮，再是頭顱，一件一件地脫……
別忘了眼睛、鼻子、嘴……
那麼心臟，喔！還有耳朵
一件一件地脫……
脫掉胃，脫掉膀胱，脫掉子宮
脫掉一切容器……

唯獨身軀踽踽而行，蒼白與血色
高跟鞋撐起的優雅步伐
緩慢、直行、繼續……
以姿態形塑一縷煙蛇的樣貌……

我的統獨視界

老花眼，一邊一國

直至焦距打結

它們才同意

架一條鼻樑的橋

各開一扇窗

框

空間以空間包覆，電視懷胎並且繁殖

多囊性腫瘤繼續分裂，影像

如碑立於日常，well（那個

八點檔女強人的語助詞）因為

所以那麼而且如果，當然

這個case值得一述再述

重播布希亞的嘴臉，擬像

多餘的生命，一而再

再而三的目睭看喀袂脫窗的come in

Please，奉獻了耳朵

奉獻日復一日，強行插入的

廣告時間

（兩岸猿聲啼不住）

沒有國度的泳池，徹底地安那其

2U4UAV8D3Q（笑），表情以字刺青

滲著囧，淚奔，你在說甚麼><？

((跺腳=3="我們將臉貼上 ="=

並且ORZ的親吻這片土地，更本土

更國際的沓，御姐、蘿莉

正太XD，如果兄貴~~飄飄~~

必大萌，巴別塔的變裝遊戲

上帝說死於尼采，我們的

小敘事正部落一格一格

再也沒有更queer的v(^-^)v

甘巴茶，繼續msnnnnnnnnnnnnnnnnn

nnnnnnnnnnnnnnnnnnnnnnnnnnnnnn

nnnnnnnnnnnnnnnnnnnnnnnnnnnn……

經前癥候群

她知道她開始痛之前

已經狂風暴雨過

這是後來慢慢從

冷卻的血塊裡得知

那腥羶的氣味　不斷

穿梭在多疑的語句

齟齬出

一段難堪的歲月

壓抑成薄薄一片眼神

冷戰的壕溝

不上膛槍枝的對峙

關係的演練

心的折磨

肉體的合

高潮處抓傷彼此

低潮處有陷阱

隱密的地雷　一叢叢

偽裝草　當一灘血

攤現無疑

四肢不健全的軀體

開始學習

走路

Collect Call or Pay Call？

突然一下午的風，旋轉著你
指數在 2，中間偏大
脈搏90，眼皮彈跳119
「我是么么久，你是二十年前那杯日本清酒？」
適合釀製的稻穗，一直躬著待發的秋天
「請問是collect call？還是pay call？」
溫度正暖涼，並且積欠一段
失聯的話筒：聽的頻率「為！為！為⋯⋯」
「費率1982，你記得嗎？」

我們需要奈米的突觸
繼續風的流體，鑽入夢
一個接著一個的鼾聲
一長一短，二長三短
⋯⋯嘟、嘟、嘟⋯⋯
「圍！我不確定你是否在？
但，我的夢你來了又來，來了又來⋯⋯」

【隱題詩】紅得發紫

紅的褪漸

得暈

發中鏡在拓影貓把魚刀秋了壞煮香出爆味鹹出吐她

紫成白銀片一了氬

註

《紅得發紫——臺灣現代女性詩選》，李元貞主
編，女書文化事業有限公司出版，2000年12月
初版一刷

啞字

她是一被拆解部首的字

除了象

無音

你似曾相識

又未曾相識

你正欲言

只那麼一個嘴型

卻又發不出聲

她非簡非繁

非篆非隸

像一飛而就的行草

飄向境外的那一

瞥

冷春

沿街落葉紛飛

冷寂店租紅紙一戶戶

剛被遺忘的一條流浪狗

倉皇走過初冷的春

濕黑的紅磚道

在皸裂與隙縫裡

喀啦喀啦響　單車緩緩

一路隱地的綠

悄悄尾隨

蒲公英靜默　雷公根靜默　車前草靜默　酢醬草

靜默　鴨跖草靜默……

一些小小的靜默　一些龐龐然的靜默……而

生的節奏怦怦然

電腦

我愛撫你鼠的勃起
你樂於讀我的唇語
當我鍵入鍵入你
你就愈來愈深入我
我們是一體的私密

夜

廣袤的夜　冷冽襲來

靜默是唯一的聲響

一隻獨角獸悄然現身

鬧鐘在桌上融化

向日葵綻放它的憂鬱

蒙娜麗莎自鏡中微笑

畢卡索把他的鼻子放在頭上

迷路的眼睛

　　　尋找它的聽覺

一隻蚊子架著波音747的引擎

填滿夜畫布的

疔

距離

沒有領域的間隔
是隨處亂擲的鏡子
滿地的碎裂
分不清是影　是人

隨時交錯的眼神
無法穿透彼此

冰與冰的撞擊
搓磨出刀的鋒利

亂碼

沒有傳達的心意　是心意嗎？

一封未寄的信　是信嗎？

一個沒有實現的念頭　是希望嗎？

一張沒有畫圖的紙　是圖嗎？

一粒未落的種子　會開花嗎？

所有所有的蘊藏

如果電腦可以解讀

我將儲存在

讓你中毒的方程式裡

眠

我的眠被擁擠到一隅
削瘦的角落
連夢都被壓扁
靠一壺酒
膨脹

扭蛋

我聽見你的祈禱，但我無法
決定是或不是，可或不可
那條看不見的甬道
黑的像夢，不可預約
直通至幻的屬地
有時候你是俘虜；但有時
你是國王。

每一個定格的公仔，都肢解著
你的記憶，童年
被囚禁在一顆蛋裡
孵夢。目視與專注，默唸
帶著一具血肉的熱情
投注不可救藥的微型烏托邦
盒玩的你。混沌之初
就是這樣開始，爆裂於偶然
不要回頭，每個場景的凍結
只不過是貪婪的眷戀

甚麼才是永恆？

只要你不斷的奉獻，我應許你

夢；繼續翻滾

第二性

我們輕揭羅衫

透視骨架裡是否殘存著陳年的脂肪

那些未曾敗壞的營養

唯她命，屬於陰性的ＡＢＣＤＥ……

——瓦解亞當的神話

我們的肋骨，我們自己造

從來就是自己開房間

自己繁殖自己

自己摸自己孵出一個蛋、兩個蛋、

三個蛋……

我們蛋蛋相連串起葡萄成熟時

釀出最美的酒

釀出暈紅的容顏

而乳房尖不尖挺與熱狗無關

洞將通往天堂與火箭無關

我們造自己的船航行在波波相連的

激突大海

要高潮不要股市最高點

那些玩壞了的雷曼兄弟

讓地球陽痿

那些華爾街的領帶

尺寸令人不想多看一眼

如果男人是第二性

如果他們懂得洞從來不一定拿來戳的

高爾夫球很難一桿進洞

雞精比基金更可口

炒飯、炒蛋、炒麵……比炒樓更美味

他們將甘於隱身廚房

穿起圍裙盾甲捍衛家園

這顆藍色的星球

會是綠的

【散文詩】果醬

　　橫越馬路，去買一條兒子熱盼的吐司，兩旁的車子，火速飛掠，烤傷了我前後的肌膚。當我跳脫車陣，趕回填飽兒子的饑餓，留在他嘴角邊的鮮紅果醬，使我為之一驚，之前那場虛擬的車禍，正血淋淋地被他一口吃下。

【散文詩】躁鬱

　　她突然愛上對著窗口嘶吼，然後優雅地拾起白牙瓷杯，輕啜一口苦中泛甘的曼特寧，潤滑一下剛才用力過度的喉嚨。嘴角一抹微哂，像是得知勝利後不敢張狂的笑，迅速折疊又恢復臉部整齊的肌肉。

　　突然，一陣狂風將一頭流洩的長髮襲捲而去，一道龜裂的閃電狂嘯，霎時天昏地暗。

　　雨，如亂石墜落……她癱成一畦水……

【散文詩】雲彩

等著一份下午茶的鬆餅，等著、等著⋯⋯等到不小心把天給烤黑了。

侍者送來兩片燒焦的鬆餅，說：「對不起！夕陽脫班，夜已來臨，請慢慢享用佇足的雲彩。」

於是，那兩朵鬆餅上的奶油是唯一的品嘗。

玻璃窗反射著髮白的身影，夜並沒有染黑一切。

【圖象詩】分數

爸媽哥姊弟妹爺奶外外・・・唯
爸媽哥姊弟妹爺奶公婆・・・你

我的愛

=愛

=1

【圖象詩】癮

　　　　琴　　耳

　　　　　樞　　紐

　　　　　　著

　　　　　　神

　　　　　　經

　　　　絃音顫抖

　　持弓的爪　宛若水母

　　始於聲　終於形

　　　攔不住光

　　　一次斷弦之後

　　　不復記憶……

　　　飄著透明的癮

　　　成份不明的

　　　　　毒

「衣」言難盡
——記女書店派對活動之一

我在我的胸罩上寫字

她在她的內褲畫符

她、她、她……

在T-shirt上塗鴉

我們卸下裹身的包附

企圖裸身以對

把意念書寫在外衣

徹底解構三圍的框限

那些源自土裡的棉

那些源自繭的絲縷

還有屬於石油的成份

經過億萬年轉化的生命底層，將

再次安居於天地

我們手中握字，投擲

並且擊出本質的home run

世界將再度歡呼

屬於女人的演化

從未停止

那些著了火的字義，將

匯聚成，另一個

文明的

開

始

輯四・X態

劇本

…… (1)

時間：第一聲鈴響　第二聲鈴響
　　　第三聲鈴響　第四聲鈴響……
　　　（電話那頭無人接聽的長度　依然……）

地點：公共電話亭（一具透明的牢籠被赤裸的
　　　窺視）

人物：♀・♂

場景：壓縮時空定格中毒檔案
　　　（註：無法還原）

劇情：一顆蛋滾落
　　　所有的發生都聚焦在蛋白質
　　　渙散成一面凸透鏡
　　　原罪的鼓棒
　　　敲打著無聲的鼓膜
　　　放大了
　　　碎裂

蛋黃仍得孕育著

明天

夕陽已然熟透

煮沸的浪

銀亮閃爍

泡沫的孩子

與星星對話

……（2）

時間：一首不斷重複旋律的長度（偶爾咳出跳針）

地點：音樂盒上的舞池（看不見邊界的浮沉）

人物：♀·♂

場景：壓縮在時空定格的中毒檔案

　　　（註：無法還原）

劇情：雷射刺眼的邏輯

　　　閃爍在不定的舞步

　　　每一縷輾轉的魂

　　　兀自起飛

　　　醉在一只透光的容器

　　　氣味發酵

原汁透盡

怔忪的眼

是一雙被封鎖的標本

瞪視著

你

…… (3)

時間：盤與盤的堆疊直至無法站立（彎了的脊椎

　　　挺立不了記憶）

地點：西餐廳（鋼琴沉默　提琴細訴　刀叉與盤

　　　耳語）

人物：♀・♂

場景：壓縮在時空定格的中毒檔案

　　　（註：無法還原）

劇情：絲質的制服

　　　閃亮著繭的心跳

　　　刀叉尋找食物

　　　今日特餐

是午後的一聲悶雷
玻璃杯上的唇印
已然發霉

一隻蛾
死於杯底
觸角失蹤

懸賞一雙飛翔的
眉睫

廢話

我跟一具廢話，做愛
伊渾身繡滿了字
有的，沒的
毛毛蟲似的爬滿，有時
化蛹的沉默。

我們一起探索
彼此的洞
尋找合適的嘴型
ㄅ／b　ㄆ／p　ㄡ／o，一ㄨㄩ
有了，有了，那液化的ㄏ
ㄣㄟ意，有蜜。一群蝴蝶
輕揮溼濡的翅膀，綻起
更燦爛的ㄞㄣ
ㄤㄥ儿……

夜鷺

我其實多麼渴望　　　　　立於湖邊
你與我共飲這杯　　　　　晚霞的酒紅
釀自　　　　　　　　　　緩緩的靜謐
湖底　　　　　　　　　　不見音頻　的

沉默　　　　　　　　　　潮來潮往

有一些翅膀正　　　　　　濕漉漉的
展翅　　　　　　　　　　拍打

而我未曾是一隻鳥　　　　紅著雙眼
假裝會飛　並且　　　　　鼓舞雙翅
凝望　　　　　　　　　　夜的氣勢

他們都真正的翱翔　　　　飛呀！飛——

而我依然在岸邊　　　　　俯瞰
粼粼水波風中拂逆　　　　過往微塵

兀立　　　　　　　　　　一直以來

風化　　　　　　　　　　化風

糾纏

屋內傳來一鍋湯的香氣
想必夜裏床上煲著暖意
手指頭摳起嫉妒在沸騰
今日菜單是：
一張床
三份糾纏

私，房間

她手握一張感應卡，尋找自己的房間的房間⋯⋯

長廊左邊

左心室左心房（動脈，賁張的血）

右邊（靜脈，缺氧的出口）

再往前一點，左邊

左腦（慣用的右手，堅持筆的語言）

右邊，右腦（恣意脫軌的暗房，佈滿咒語的底片）

基地，一條密境的容顏

通往一室的內臟，擅於裸粧（若隱若現）

混搭，體外器官

──攤現的房間

一面白雪皇后的鏡子

（魔鏡，魔鏡，誰是世界上最醜的女人？）

一杯愛麗斯夢遊仙境的水

（變大，D罩杯；縮小，收縮小腹）

36、23、36，拒絕牽腸掛肚
拒絕一張漂浮著雙人床的房間

需要一隻巨型耳朵的房間（噓！你聽見沒？）
需要無數隻不老花眼的房間，堆滿書
像堆滿海盜的寶藏，閃爍著奧祕
（芝麻開門……）

一張大大的木質書桌，上面一只
鑲著雲霞的黑盒子，鎖著她最後一口氣

骨與骨激徹的敲擊（啟的密碼）
燐火的野舞；她是她
自己的結局

蘋果

午後的一場夢
削下蘋果炙熱的
皮
赤裸的白皙與白皙
潮濕對望

拒絕牛頓　趁
下墜以前
修成正果

無法包裹的氣味
蛇般　流竄

月飲

月在酒杯裡晃盪
酒在胃裡晃盪
身體晃盪
掉出一些影子
喝盡月光

水墨畫

膚與膚的接觸
黏合不了心的距離
舌與身的勾引
是隨興的塗鴉

一幅激盪的水墨畫
在角落陰乾

藍色百葉窗

1.

藍色的雙面刃，訴說著它
過時的憂鬱，是誰的
複眼，折射出那麼多
被切割的
陽光？

一層一層的窗外，隱含著甚麼
風景？為甚麼室內是
暗？誰的刺眼曝了
光？

底片是黑的，洗出
一片失憶的空白
唯

2.

有旗袍的身影,花的
年華,瓶的托身
在暗室裡,散著
異香,哀豔的垂下
眼簾,唱著一首低沉
迴旋的老歌;許多影子
交錯,從沒有人跳完一支
舞,萎凋成孤立的雌蕊
獨白。跳針的
雙人舞,誰踩了誰的
腳?誰拉斷了
琴弦?讓弓陽痿成射不遠的
箭?

簾是網,網住了流光
網住了無數的眼睛
窗裡窗外,窺與被窺的
顯影,模糊成淚
翳著微痛的
鹹味

註

圖片為我的母親,此詩為她而寫。

舌舞

我們以沉默對話，闃黑中
夢遊的ㄔㄒ，醒後的盜汗
一灘溼濡的沼澤，浮游著
彼此的唇，咕噥囁嚅（啊！甚麼？）
其實……（沒！），如果有了
鰓，我們必須溶解吞吞吐吐的氣息

長滿水草的鰭，圈綣液態的情慾
一身的鱗，硬中有軟
軟中有硬，滑而有時帶棘
吞噬字詞，以吻穿梭成
死結。

未命名

它在層與層之間

他生活在細節之中

密度中有浮力

有時沉的很深

她的體積與質量

時而膨脹

時而壓縮

幾何或非幾何

是一種生命體的呈現

時而分裂

時而結合

時而扁平纖薄

如同不存在

時而水母式的泳動

如一只長了腳的月

倍數的望遠與顯微鏡

不曾發現牠的蹤跡

祂存在光與暗，覓食

時而飄散

時而凝聚

時而緊緊固著，如孢子

無來由的來，無來由的去

無來由的生，無來由的滅

看不見，嗅不著

觸不到，用耳朵聽不出

細細微微的

龐龐然的

存在

您沒有影子

日式海苔壽司

她在暗處剝離呈現
悠恍的喉深處
有一口井

眼底的虛光狠狠散渙
拉扯的衣襟遐思叢生

胡蘿蔔的唇色小黃瓜的
內裡肉白，一條活魚
緊裹著一件紫黑色的
皮衣

刀口切裂，一團團渾圓的
慾火，以冷寂的剖面呈現
嘴角膩著一滴美奶
滋

今天的午餐就打了一個

無言的

嗝

麻油雞

她的氣味與他的氣味
瀰散在午后的斜照

她薑辣著他的臂肌
一股飽響的爆香
霧起

指捻間透著爪痕
喉，印著焦透的
火候

黑芝麻般烏髮柔瀑，傾城
傾夜

秒針滴答如星辰
一條看不見的銀河
洶湧如15％的
SAKE

他們在雲間

撥弄一場，滾燙的

流星雨

格物致知系列六首

1. 格物致知：壹

壹、物：塊的／時間

    童年的屍塊

    少年的屍塊

    青年的屍塊

    熟年的屍塊

    中年的屍塊

    壯年的屍塊

    老年的屍塊

    完整的屍體

2. 格物致知：貳

貳、物：邊的／雙人床

滾滾滾滾滾滾滾滾滾滾
滾　　　　　　　　滾
滾　　　滾　　　　滾
滾　　　　　　　　滾
滾　　　　　　　　滾
滾　　　　　滾　滾
滾　　　　　　　　滾
滾　　　　　　　　滾
滾滾滾滾滾滾滾滾
　　　　　　　滾
　　　　　　　　滾
　　　　　　滾

3. 格物致知：參

參、物：弧的／垂釣

墜落的美學

紅、橙、黃、綠、藍、靛、紫

4. 格物致知：肆

肆、物：刺的／女身

　　《淮南子・本經》中記載：「昔者倉頡作書，而天雨粟，鬼夜哭。」《說文解字序》中記載：「倉頡之初作書，蓋依類象形，故謂之文；其後形聲相益，即謂之字。」

```
又亡干戶方夭
支立并女林昌
卑表坙枼冒易
若俞疾兼蚩鬼
票曼莫堯男賴
```

5. 格物致知：伍

伍、物：圓的／吻

　　舌與舌的對決

　　時針與分針終於達成協議
　　朝同一個方向前進

6.格物致知：陸

陸、物：方中有圓／時間切割器

　　他們都睜大眼睛

　　對著鏡頭

　　咧嘴一笑

　　「喀喳！」

　　這一刻永恆的

　　消失了

夢中π想

她極其舒緩地進入
那些未決和已決的事物
它們時而溫吞如一杯
擱淺些許的焦糖拿鐵
啜飲入口，享受奶泡的綿密與破裂
那些懸浮其上的訊息
焦糖甜的草寫著杯口圓的意境
經喉頭順化成一條苦而多義的岐路
草擬成覺的空間

有一些意義被咀嚼：
蛇的舌，蜥蜴的尾
豹的速度，虎的蟄伏……
它們先以動物的姿態
上演植物攀爬的戲碼
總有一面牆被詮釋滋長
而其實，案前雜草叢生
那些鬼針草被絨毛的思緒

甂黏如一朵多刺的花
糾結成瘖啞的殘念
循著節氣磨成一只缽

有一些語言被文字：
不上鎖的書頁，在午夜的異次元
紛紛起飛，輕涮著空
液態？抑是氣態？
突然下起一陣很痛的黑色字雨
痛，固態的穿透；堅定與猶疑
無以名狀，於夢的N次方彩繪出
曼佗羅，那些 π 的集體意識
必定有一組密碼值得上癮
3.1415926535897932384626……
持咒並繼續啜飲，在一間懸空的書房
繞著地球運行……

一（X.Y.Z）

- X

盤根錯節的空氣植入屋的血管

緘默的氣流懸於聲波

總有一些洞被滲入

鎮日叨叨絮絮的電視互甩耳光

眼睜睜四菜一湯各踞一隅

沒有封鎖線的新聞

生殺擄掠——鹹濕

闖關桌上多餘的黃金葛

葉緣焦了心

每一片不同的方向

綠假假的長

綠假假的長

偷渡綠

走私新鮮的空氣

碼頭乾涸得只剩腥X的氣味

揚起的帆妊娠多年
自黑夢的房間登陸
分叉的髮梢是一卷卷壞掉的浪
白成了真

海藍深
屋浮沉
電視在屋裡浮沉
人在電視裡浮沉
眼睛在臉孔浮沉
浮沉
　浮沉
　　浮沉
　　　浮
　　　沉

- y

沙發上的凹陷緩緩初虧
厚厚的歲月逐日偏食
目測無以丈量的黑洞
當排成一條直線

依循著生老病死

風化成螢光幕前的一株奇特的風景

日日被看被聽被洗劫一空

卻堅毅地向下扎根

守候一室的沉默

淤泥的岸口

魚群紛紛走避

變種成凸眼的彈突

適於兩棲

眼不觀耳不聞

用皮膚或字呼吸

當Y與Z指向對的時辰

笑聲胎生哈哈墜地

綠成一片保育的光陰

終於黑夜的屋昇起

空氣飽滿

溫度合宜

鼾聲循著應有的節奏

靜　淨　境

月光渾圓

潮漲浪推

黑綢的髮油然飄逸

油然飄逸

油然飄逸

油然飄逸

- Z

中空不孕在

渡

誰擎起篙

一路撐行

？

座標是點與點

數字與數字的交集

當片成一頁頁意識流

終匯入集體意識成了一件巨大的影子

午后時間凝滯

光慵懶地

被夜吞下

再也沒有比瞌睡

更半夢半醒的事了

【圖象詩】心理時鐘

0

開始

祈禱　　　　　　愛情

規律　　　　　　　滋潤

♂

解釋　　懶　　　　紀念

♀

對話　　　　　　防腐

做愛　　　　屬於

結束

∞

凝

指針指向她
鐘敲響了幾下？

一陣風
吹亂枝葉
數字掉落一地
200910160324

葉的紋理吱吱喳喳

一隻鳥
振翅

時間凍結在那一剎

【散文詩】第四態

「ㄊㄚ」躺成一塊硬硬的巨石,蜷縮著痛,直至產下鬆軟透明的不明物體,人們稱之為第四態──「一ㄟ ㄐㄧㄥ」。

介於人與獸與物之間,在某種溫度下有著極端的情狀排列組合,後來因為溫室效應,以致愈來愈固定的樣態無法恢復自己的模樣,「ㄊㄚ」極其痛苦的在河邊,激起無數浪花,卻因為激情與冷冽而形成一塊硬硬的巨石,蜷縮著痛。

我的鯢面魚的傳說

這是一個祭典
瀕臨死亡前的火舞

每一迸裂的火花
都將燙傷自己
火的刺青
烙出浮沉於世的
鯢面傳說

有一個X的標記
關於曾經的遭逢與失去
關於內在原始島嶼的浮現
而那些因命定暖化的珊瑚礁
過早宣佈枯骨的形象，但

還有一些椰子樹的髮稍
在島上被風戀著
還有一些坑坑洞洞的礁岩

被浪激情撥弄
那些地平線愈來愈低的沙灘
不知道潛意識即將再度沉溺

島上的居民依然圍火歡舞
他們根據祖靈與自然力的驅策
他們震出雷鳴的步伐
聲聲　聲聲地敲打著這座
脆弱的島嶼
企圖召喚內在種子的
甦醒，而

地、水、火、風、空正一一瓦解，在
他們無法穿越天擇的高亢歌聲中
他們都消沉不見了

海洋裡一群黥面的魚，驚慌地
游
　　　來
　游　　　去

國家圖書館出版品預行編目

中間狀態 / 葉子鳥作. -- 一版. -- 臺北市：
秀威資訊科技，2010.06
　　面；　公分. -- (語言文學類；PG0386
吹鼓吹詩人叢書；6)
BOD版
ISBN 978-986-221-506-7 (平裝)

851.486　　　　　　　　　　99010400

語言文學類　　PG0386

吹鼓吹詩人叢書06
中間狀態

作　　　　者 / 葉子鳥
主　　　　編 / 蘇紹連
發　行　人 / 宋政坤
執 行 編 輯 / 黃姣潔
圖 文 排 版 / 陳宛鈴
封 面 設 計 / 蔡瑋哲、陳佩蓉
數 位 轉 譯 / 徐真玉　沈裕閔
圖 書 銷 售 / 林怡君
法 律 顧 問 / 毛國樑　律師
出 版 印 製 / 秀威資訊科技股份有限公司
　　　　　　 台北市內湖區瑞光路583巷25號1樓
　　　　　　 電話：02-2657-9211　傳真：02-2657-9106
　　　　　　 E-mail：service@showwe.com.tw
經　銷　商 / 紅螞蟻圖書有限公司
　　　　　　 台北市內湖區舊宗路二段121巷28、32號4樓
　　　　　　 電話：02-2795-3656　傳真：02-2795-4100
　　　　　　 http://www.e-redant.com

2010 年 6 月　BOD 一版
定價：220 元

讀 者 回 函 卡

感謝您購買本書，為提升服務品質，煩請填寫以下問卷，收到您的寶貴意見後，我們會仔細收藏記錄並回贈紀念品，謝謝！

1.您購買的書名：＿＿＿＿＿＿＿＿＿＿＿＿＿＿＿＿＿

2.您從何得知本書的消息？

　　□網路書店　　□部落格　　□資料庫搜尋　　□書訊　　□電子報　　□書店

　　□平面媒體　　□ 朋友推薦　　□網站推薦　　□其他＿＿＿＿＿＿

3.您對本書的評價：(請填代號　1.非常滿意 2.滿意 3.尚可 4.再改進)

　　封面設計＿＿＿　版面編排＿＿＿　內容＿＿＿　文/譯筆＿＿＿　價格＿＿＿

4.讀完書後您覺得：

　　□很有收獲　　□有收獲　　□收獲不多　　□沒收獲

5.您會推薦本書給朋友嗎？

　　□會　□不會，為什麼？＿＿＿＿＿＿＿＿＿＿＿＿＿＿＿＿＿＿

6.其他寶貴的意見：＿＿＿＿＿＿＿＿＿＿＿＿＿＿＿＿＿＿＿

＿＿＿＿＿＿＿＿＿＿＿＿＿＿＿＿＿＿＿＿＿＿＿＿＿＿＿＿＿

＿＿＿＿＿＿＿＿＿＿＿＿＿＿＿＿＿＿＿＿＿＿＿＿＿＿＿＿＿

＿＿＿＿＿＿＿＿＿＿＿＿＿＿＿＿＿＿＿＿＿＿＿＿＿＿＿＿＿

讀者基本資料

姓名：＿＿＿＿＿＿＿＿＿＿　年齡：＿＿＿＿　性別：□女 □男

聯絡電話：＿＿＿＿＿＿＿＿＿　E-mail：＿＿＿＿＿＿＿＿＿＿

地址：＿＿＿＿＿＿＿＿＿＿＿＿＿＿＿＿＿＿＿＿＿＿＿＿＿

學歷：□高中(含)以下　　□高中　　□專科學校　　□大學

　　　□研究所(含)以上 □其他＿＿＿＿＿＿＿＿

職業：□製造業 □金融業 □資訊業 □軍警 □傳播業 □自由業

　　　□服務業 □公務員 □教職　□學生 □其他＿＿＿＿＿＿

To：114

台北市內湖區瑞光路 583 巷 25 號 1 樓

秀威資訊科技股份有限公司　　　收

寄件人姓名：

寄件人地址：□□□

(請沿線對摺寄回,謝謝!)

秀威與 BOD

BOD（Books On Demand）是數位出版的大趨勢，秀威資訊率先運用 POD 數位印刷設備來生產書籍，並提供作者全程數位出版服務，致使書籍產銷零庫存，知識傳承不絕版，目前已開闢以下書系：

一、BOD 學術著作—專業論述的閱讀延伸
二、BOD 個人著作—分享生命的心路歷程
三、BOD 旅遊著作—個人深度旅遊文學創作
四、BOD 大陸學者—大陸專業學者學術出版
五、POD 獨家經銷—數位產製的代發行書籍

BOD 秀威網路書店：www.showwe.com.tw
政府出版品網路書店：www.govbooks.com.tw

永不絕版的故事・自己寫・永不休止的音符・自己唱